P9-BZM-819

COLLECTION FOLIO

Jean Cocteau
*de l'Académie française*

# Antigone

SUIVI DE

# Les mariés de la Tour Eiffel

Gallimard

« Étonne-moi. » Le mot célèbre lancé par Diaghilev, le créateur des Ballets russes, à l'adolescent Jean Cocteau, allait commander toute une vie. Pendant plus d'un demi-siècle, cet éternel magicien allait multiplier ses tours : poèmes, livres, théâtre, films, dessins, tableaux.

Parisien, né le 5 juillet 1889 dans une famille aisée, il fit ses études à Condorcet. Encore lycéen, ses poèmes furent lus par le grand comédien De Max, au cours d'une matinée poétique, au théâtre Femina. Le feu d'artifice ne fait que commencer. Voici Cocteau auteur de ballets, avec le fameux *Parade,* qu'il signe avec Picasso et Érik Satie. Le voici romancier, rivalisant avec Stendhal dans *Thomas l'Imposteur* et lançant en 1919 le jeune Radiguet, l'enfant prodige qui mourut bientôt, laissant deux chefs-d'œuvre : *Le Diable au corps* et *Le Bal du comte d'Orgel.*

Voici Cocteau pastichant Gide avec *Le Potomak* où, pour imiter les noms bizarres des héros des *Nourritures terrestres,* il donne à ses personnages des noms de produits pharmaceutiques. Voici Cocteau se convertissant avec éclat dans les années 25. Un feu de paille.

On s'essouffle à le suivre. Faut-il parler d'abord des *Mariés de la Tour Eiffel,* ou de ces merveilleux *Enfants terribles,* avec leur couleur de neige, et l'inquiétant regard de l'élève Dargelos? Ou de ce théâtre solide comme les pavés des boulevards : *La Voix humaine, La Machine infernale, Les Parents terribles*? Et de ce *Renaud et Armide* que joua la Comédie-Française et qui était plein de suaves vers raciniens? Et de cet *Aigle à deux têtes* romantique à la manière de Hugo? Et de *Bacchus* qui rivalise en blasphèmes avec *Le Diable et le Bon Dieu,* de Sartre?

Au cinéma aussi, sa carrière est longue et diverse. Cocteau y débute en 1932 par un film d'avant-garde qui continue à faire les beaux soirs des ciné-clubs : *Le Sang d'un Poète*. Dans la même veine, il y a *Le Baron fantôme*. Mais il filme aussi le très commercial *Éternel Retour*, et *La Belle et la Bête*. Plus tard, *Les Enfants terribles*, *Orphée* et *Le Testament d'Orphée*, son dernier film.

Que ne fait-il ou ne refait-il pas? Le *Tour du Monde en 80 jours*, *Antigone* et *Roméo*, la décoration d'une chapelle. Il entre même à l'Académie française, affirmant que le comble de l'anticonformisme, c'est de se montrer conformiste.

Mais, en 1947, un essai, *La Difficulté d'être*, fait entendre une note grave. C'est comme un vrai coup de canon au milieu d'un feu d'artifice. La mort n'est plus un ange, comme Heurtebise, ou un motocycliste vêtu de noir, comme dans *Orphée*. La mort devient tout simplement la mort. Il l'avait déjà évoquée avec force dans ses poèmes : *Plain-Chant*, *Requiem*. C'est le 11 octobre 1963 qu'elle devait venir le chercher, dans sa maison de Milly-la-Forêt.

# *Antigone*

## D'APRÈS SOPHOCLE

*à Mlle Génica Atanasiou*

Je pleure Antigone et la laisse périr.
C'est que je ne suis pas un poète. Que les poètes recueillent Antigone. Voilà le rôle bienfaisant de ces êtres amoraux.

*Barrès.*

*C'est tentant de photographier la Grèce en aéroplane. On lui découvre un aspect tout neuf.*

*Ainsi j'ai voulu traduire Antigone. A vol d'oiseau de grandes beautés disparaissent, d'autres surgissent ; il se forme des rapprochements, des blocs, des ombres, des angles, des reliefs inattendus.*

*Peut-être mon expérience est-elle un moyen de faire vivre les vieux chefs-d'œuvre. A force d'y habiter nous les contemplons distraitement, mais parce que je survole un texte célèbre, chacun croit l'entendre pour la première fois.*

Antigone *fut créée à Athènes en 440. Cette contraction a été représentée à l'*Atelier, *le 20 décembre 1922.*

PERSONNAGES

| | |
|---|---|
| ANTIGONE | Génica Atanasiou. |
| ISMÈNE | Ève Longuet. |
| EURYDICE | Francine Mars. |
| CRÉON | Charles Dullin. |
| HÉMON | Allibert. |
| TIRÉSIAS | Antonin Artaud. |
| LE CHŒUR | Jean Cocteau. |
| UN GARDE | Arnaud. |
| UN MESSAGER | Vital. |

*Devant le palais, à Thèbes.*

*Décor de* P. Picasso. — *Musique d'*A. Honegger. — *Costumes de* G. Chanel.

*Pour la reprise, en 1927, cinq têtes monumentales de jeunes hommes, en plâtre, encadraient le chœur. Les tragédiens portaient des masques transparents du genre des masques d'escrime, sous lesquels on devinait leurs figures et sur lesquels, faits de laiton blanc, des visages aériens étaient cousus. Les costumes se mettaient sur des maillots noirs dont les bras et les jambes étaient recouverts. L'ensemble évoquant un carnaval sordide et royal, une famille d'insectes.*

*L'extrême vitesse de l'action n'empêche pas les acteurs d'articuler beaucoup et de remuer peu. Le chœur et le coryphée se résument en une voix qui parle très haut et très vite comme si elle lisait un article de journal. Cette voix sort d'un trou, au centre du décor.*

*Naturellement, aucune figuration n'escorte les personnages.*

*Le rideau se lève sur Antigone et Ismène, de face, immobiles l'une contre l'autre.*

ANTIGONE

Ismène, ma sœur, connais-tu un seul fléau de l'héritage d'Œdipe que Jupiter[1] nous épargne? Eh bien, je t'en annonce un autre. Devine la honte que nos ennemis préparent contre nous.

ISMÈNE

Je ne devinerai pas. Depuis que nos deux frères se sont entre-tués, depuis que la troupe des Argiens a disparu, je ne vois rien qui puisse me rendre plus malheureuse ou plus heureuse.

ANTIGONE

Écoute, je t'ai fait sortir du vestibule pour que personne au monde ne nous entende.

ISMÈNE

Qu'y a-t-il? Tes yeux me bouleversent.

1. Je m'appuie sur La Fontaine, Maurras, pour remplacer Zeus par Jupiter. Jupiter se prononce mieux dans notre langue.

ANTIGONE

Tu me demandes : Qu'y a-t-il ? Hé ! Créon ne donne-t-il pas la sépulture à l'un de nos frères et ne la refuse-t-il pas à l'autre ? Etéocle aura l'enterrement qu'il mérite, mais il est défendu d'ensevelir Polynice ou de le pleurer. On le laisse aux corbeaux. Tels sont les ordres que le noble Créon promulgue pour toi et pour moi, oui pour moi. Il va venir en personne, ici même, lire son décret. Il attache la plus grande importance à l'exécution de ses ordres. Les enfreindre, c'est être lapidé par le peuple. Voilà. J'espère que tu vas montrer ta race.

ISMÈNE

Mais que puis-je ?

ANTIGONE

Décide si tu m'aides.

ISMÈNE

A quoi ?

ANTIGONE

A soulever le mort.

ISMÈNE

Tu veux l'enterrer malgré le roi ?

ANTIGONE

Oui. J'enterrerai mon frère et le tien. Je dis le tien. On ne me reprochera pas de l'avoir laissé aux bêtes.

ISMÈNE

Malheureuse! Malgré la défense de Créon?

ANTIGONE

A-t-il donc le droit de me détacher des miens?

ISMÈNE

Antigone! Antigone! notre pauvre père est mort dans la boue après s'être crevé les yeux pour expier ses crimes; notre mère, qui était sa mère, s'est pendue; nos frères se sont entr'égorgés. Imagine, nous deux, toutes seules, la fin sinistre qui nous attend si nous bravons nos maîtres. Nous sommes des femmes, Antigone, des femmes malhabiles à vaincre des hommes. Ceux qui commandent sont plus forts que nous. Que Polynice m'excuse, mais je cède. J'obéirai au pouvoir. Il est fou d'entreprendre des choses au-dessus de ses forces.

ANTIGONE

Je ne te pousse pas. Si tu m'aidais, tu m'aiderais à contrecœur. Agis comme bon te semble. Pour moi, j'enterrerai. Il me sera beau de mourir ensuite. Deux amis reposeront côte à côte après ce cher crime. Car, Ismène, le temps où je dois plaire aux morts est plus considérable que celui où il me faut plaire aux vivants. Ta conduite te regarde. Méprise les dieux.

ISMÈNE

Je ne les méprise pas. Je me sens incapable de lutter contre toute une ville.

ANTIGONE

Trouve des prétextes. Moi je vais entasser une espèce de tombeau.

ISMÈNE

Folle! je tremble pour toi.

ANTIGONE

Laisse-moi tranquille. Pense à toi-même.

ISMÈNE

Au moins ne raconte ce projet à personne. Cache-le comme je le cacherai.

ANTIGONE

Ne cache rien! Tu peux parler. Je t'en voudrais plus de ton silence que de tes bavardages.

ISMÈNE

Refroidis ce cœur trop chaud.

ANTIGONE

Non. Je sais que je plais où je dois plaire.

ISMÈNE

Oui, si tout marche bien. Mais tu essayes l'impossible.

ANTIGONE

Je m'arrêterai à la limite de mes forces.

ISMÈNE

Pourquoi courir après le vent?

ANTIGONE

Si tu insistes, tu me deviendras odieuse et tu exciteras la haine du mort. Laisse-moi seule avec mon projet. S'il échoue, je mourrai glorieusement.

ISMÈNE, *gravissant les marches de droite.*

Eh bien, va donc, imprudente. Ton cœur te perd.

*Elle sort. Antigone reste seule, prend son élan pour toute la journée, disparaît par la coulisse de droite.*

LE CHŒUR

Les Argiens ont fui à toutes jambes sous ton œil fou, soleil! Ils étaient venus aux trousses de Polynice et de ses vagues prétentions. Jupiter déteste la vantardise. Il a frappé de sa foudre les panaches et les armures d'orgueil. Les sept chefs qui marchaient contre nos sept portes ont abandonné leurs armes. Il n'est resté sur place que deux frères ennemis.

Maintenant la victoire est assise dans Thèbes. Le peuple chante. Mais voici Créon, notre nouveau roi.

CRÉON, *à la porte de gauche.*

Citoyens, les dieux ont sauvé cette ville du naufrage. Je vous ai tous réunis sachant votre respect pour la maison de Laïus, votre fidélité à Œdipe et à ses fils. Les fils se sont entre-tués. Tout le pouvoir passe entre mes mains.

Avant qu'un homme se prouve, il est difficile de le connaître. Pour moi je blâme celui qui gouverne sans consulter autour de lui. Je blâme encore le chef qui sacrifierait la masse aux intérêts d'un seul individu. Jamais je ne flatterai mon adversaire. Un prince juste ne manque pas d'amitié. Tels sont mes principes.

C'est pourquoi j'ai dicté le décret relatif aux fils d'Œdipe. Etéocle est un soldat, qu'on lui rende les honneurs. Polynice est revenu d'exil pour nous incendier, nous bafouer, nous réduire en esclavage. Je défends qu'on l'honore. J'ordonne que son cadavre appartienne aux chiens et aux corbeaux. Jamais je ne confondrai la vertu et le crime. J'ai dit.

LE CHŒUR

Bravo, Créon. Tu es libre, tu disposes des morts et de nous.

CRÉON

Exécutez mon ordre.

LE CHŒUR

Charges-en les jeunes.

CRÉON

Des gardes surveillent le cadavre.

LE CHŒUR

Alors que devons-nous faire?

CRÉON

Vous devez être inflexibles envers la désobéissance aux lois.

LE CHŒUR

Il n'y a pas un homme assez fou pour chercher la mort.

CRÉON

La mort serait sa paye. Mais souvent l'espoir d'une bourse rend les hommes fous.

UN GARDE. *Il entre, s'agenouille et parle.*

Prince, je ne peux pas dire que je vole vers toi. Ça non. Je me suis souvent arrêté en route. Je pensais : n'y va pas, n'y va pas. Mais, d'autre part, si Créon se renseigne ailleurs, tu risques davantage. La route est courte, mais la route était longue. Bref, voilà... Bref... je n'ai rien de bon à t'apprendre.

CRÉON

Qu'est-ce qui te met la tête à l'envers ?

LE GARDE

Je dirai d'abord ce qui me concerne. Ce n'est pas moi. Ce n'est pas ma faute, et je ne sais pas qui c'est. Vous seriez injuste de me punir.

CRÉON

Tu me barricades l'affaire tout autour. Tu m'as l'air de dépaqueter lentement une mauvaise nouvelle.

LE GARDE

Le danger coupe bras et jambes.

CRÉON

Parle. Après, tu partiras.

LE GARDE

Alors, je parle. On a rendu les honneurs au mort.

CRÉON

Hein? Qui donc a eu l'audace...

LE GARDE

Ni vu, ni connu. On ne découvre pas de coups de bêche, pas de coups de pioche, pas d'empreintes de pieds, pas de traces de char. Rien ne dénonce le criminel. Au petit matin le corps avait disparu sous une couche de poussière. Juste de quoi éviter le sacrilège. Naturellement chacun s'accuse, s'excite et nous allions nous battre. Tout le poste était suspect et il n'y avait de preuve contre personne. Nous jurions de marcher sans crainte sur les braises et de prendre un fer rouge à pleine main, ce qui montre les coupables et les complices. A la fin, on décida de tout te dire. On a tiré au sort. Et c'est moi qui trinque.

LE CHŒUR

Prince, je me demande si ce n'est pas une machine des dieux.

CRÉON

Assez de sottises, vieillesse. Les dieux n'inhument pas les incendiaires de temples, les destructeurs du culte, les pilleurs d'offrandes. Avez-vous jamais vu les dieux flatter le mal? Non, mille fois non. Mais cet acte m'ouvre les yeux. Je savais déjà que des traîtres murmurent contre mon joug dans cette ville, qu'on se soulève en cachette. Ils payent les coupables. Les mortels ont inventé l'argent. L'argent, l'argent ignoble! L'argent ruine les villes, fausse les cœurs droits, démoralise tout. Ceux qui, corrompus par une bourse, ont inhumé Polynice ont bêché leur propre tombe. Si vous ne me les amenez pas, je vous pendrai pour qu'on me les dénonce.

LE GARDE

En tout cas, je ne suis pas coupable.

CRÉON

Cela ne m'étonnerait pas, mon gaillard. Tu es homme à te vendre, et pas cher!

LE GARDE

Il est triste qu'un prince juste puisse voir si faux.

CRÉON

Il me juge, ma parole!

LE GARDE

Puisse-t-on découvrir les coupables.

*Il sort ainsi que Créon.*

LE CHŒUR

L'homme est inouï. L'homme navigue, l'homme laboure, l'homme chasse, l'homme pêche. Il dompte les chevaux. Il pense. Il parle. Il invente des codes, il se chauffe et il couvre sa maison. Il échappe aux maladies. La mort est la seule maladie qu'il ne guérisse pas. Il fait le bien et le mal. Il est un brave homme s'il écoute les lois du ciel et de la terre, mais il cesse de l'être s'il ne les écoute plus. Que jamais un criminel ne soit mon hôte. Dieux, quel prodige étrange! C'est incroyable, mais c'est vrai. N'est-ce pas Antigone? Antigone! Antigone! Aurais-tu désobéi? Aurais-tu été assez folle pour te perdre!

*Par la coulisse de droite on voit d'abord entrer Antigone avec, sur les épaules, les mains du garde qui la pousse, puis le garde.*

LE GARDE

Prise sur le fait. Où est Créon?

LE CHŒUR

Le voici qui sort.

CRÉON

Que se passe-t-il ?

LE GARDE

Prince, la chance me ramène où je n'aurais pas cru remettre les pieds. Interroge cette jeune fille. Elle est coupable.

CRÉON

Où et comment l'avez-vous prise ?

LE GARDE

Elle inhumait le corps. Je l'ai prise la main dans le sac.

CRÉON

Tu le jures ?

LE GARDE

Oui, je le jure, elle enterrait l'homme.

CRÉON

Donne-moi des détails.

LE GARDE

Sous la crainte de tes menaces, nous avons ôté le

sable sur la charogne et nous l'avons laissée toute nue par terre. Ensuite, nous nous sommes assis en haut d'un monticule éventé, à cause de l'odeur. Puis nous avons fait des farces pour que personne ne s'endorme. Tout à coup, à midi, s'élève une tourmente de poussière qui casse les branches d'arbres et nous crève les yeux. Après ce coup de vent, nous voyons la jeune personne debout près du cadavre. Elle piaillait de toutes ses forces. Elle le recouvre de poussière, tire un vase de sous sa robe et commence des libations. Hop! on lui saute dessus, on l'arrête en un tournemain, on l'interroge et elle avoue sans la moindre résistance. Je regrette d'échanger une vie contre une autre; mais les coupables sont les coupables, et dame, n'est-ce pas, il est naturel que je sauve d'abord ma peau.

CRÉON

Et toi. Toi, avec tes yeux modestes, tu nies? Tu avoues?

ANTIGONE

Je l'ai fait. Je le déclare.

CRÉON, *au garde.*

File. Va te faire pendre ailleurs. Tu es libre. (*A Antigone.*) Tu connaissais ma défense?

ANTIGONE

Oui. Elle était publique.

CRÉON

Et tu as eu l'audace de passer outre.

ANTIGONE

Jupiter n'avait pas promulgué cette défense. La justice non plus n'impose pas des lois de ce genre ; et je ne croyais pas que ton décret pût faire prévaloir le caprice d'un homme sur la règle des immortels, sur ces lois qui ne sont pas écrites, et que rien n'efface. Elles n'existent ni d'aujourd'hui, ni d'hier. Elles sont de toujours. Personne ne sait d'où elles datent. Devais-je donc, par crainte de la pensée d'un homme, désobéir à mes dieux ? Je savais la mort au bout de mon acte. Je mourrai jeune ; tant mieux. Le malheur était de laisser mon frère sans tombe. Le reste m'est égal.

Maintenant, si tu me traites de folle, tu pourrais bien être fou.

LE CHŒUR

A ce naturel inflexible on reconnaît la fille d'Œdipe. Elle tient tête au malheur.

CRÉON

Mais sache que ces âmes si dures sont les moins solides. C'est le fer le plus dur qui éclate. Un petit mors calme un cheval qui fait des siennes. Voilà beaucoup d'orgueil pour une esclave... une esclave du devoir. Elle m'outrage exprès. Elle me nargue et elle s'en vante. C'est elle qui serait l'homme si je la laissais faire. Quoique je sois frère de Jocaste, ni elle, ni sa sœur n'éviteront leur sort. Car Ismène doit être complice, je suppose. Qu'on me la cherche. Je l'ai aperçue tout à l'heure dans le palais, affolée comme une chauve-souris. Les âmes nocturnes se trahissent vite. Mais là, ce que je déteste surtout, c'est le criminel, qui, pris sur le fait, se mêle d'embellir son crime.

ANTIGONE

Exiges-tu quelque chose de plus que ma mort?

CRÉON

Non.

*Antigone et Créon se parlent de tout près; leurs fronts se touchent.*

ANTIGONE

Alors pourquoi traîner? Tu me déplais et je te déplais. Toute cette foule m'applaudirait sans la crainte qui paralyse la langue. A mille autres privilèges, le despotisme ajoute celui de dire et d'entendre ce qu'il veut.

CRÉON

Tu es la seule à Thèbes qui pense mal.

ANTIGONE

Alors ils pensent tous mal, mais ils se taisent en ta présence.

CRÉON

N'as-tu pas honte?

ANTIGONE

Honte d'honorer un frère?

CRÉON

Et ton frère Etéocle, n'était-il pas aussi ton frère? Etéocle, mort chez nous.

ANTIGONE

Nous étions de même père et mère.

CRÉON

Pourquoi donc l'insulter par des hommages antipatriotiques?

ANTIGONE

Ce n'est pas ainsi que le mort dépose à mon procès.

CRÉON

Quoi! si tu sers le traître?

ANTIGONE

Il est mort non pas son ennemi mais son frère.

CRÉON

Il venait attaquer sa patrie, l'autre la défendait.

ANTIGONE

La mort veut une seule loi pour tous.

CRÉON

Mais l'envahi et l'envahisseur ne doivent pas être traités également.

ANTIGONE

Qui sait si vos frontières ont un sens chez les morts?

CRÉON

Jamais un ennemi mort ne devient un ami.

ANTIGONE

Je suis née pour partager l'amour, et non la haine.

CRÉON

Descends donc chez les morts aimer qui bon te

semble ; mais de mon vivant, jamais une femme ne fera la loi.

LE CHŒUR

Voici la pauvre Ismène en larmes. Le chagrin la défigure et mouille ses joues.

CRÉON

Ah ! te voilà vipère. Allons, parle, connaissais-tu ou ne connaissais-tu pas la lèse-majesté ?

ISMÈNE

Si ma sœur avoue, j'avoue et je demande à en supporter les conséquences.

ANTIGONE

Le tribunal te le défend. Tu n'as pas voulu me suivre et j'ai agi seule.

ISMÈNE

Tu es malheureuse, je veux te suivre.

ANTIGONE

Trop tard, Ismène, trop tard. Les enfers et ceux qui les habitent m'ont vue agir, moi. Peu m'importe une sœur qui m'aime en paroles.

ISMÈNE

Antigone, ne m'enlève pas l'honneur de mourir avec toi, d'avoir enterré notre frère.

ANTIGONE

Ne meurs pas avec moi et ne te vante pas, ma petite. C'est assez que, moi, je meure.

ISMÈNE

Sans toi, comment pourrai-je aimer vivre ?

ANTIGONE

Demande-le à Créon. N'es-tu pas son jouet obéissant ?

ISMÈNE

Pourquoi me blesses-tu à plaisir ?

ANTIGONE

Je ris un rire contre toi qui n'est pas drôle. Je ne raille pas sans me faire du mal.

ISMÈNE

Comment te servir ?

ANTIGONE

Sauve tes jours. Je ne t'envie pas cette chance.

ISMÈNE

Laisse-moi partager ton destin.

ANTIGONE

Tu as choisi de vivre, moi d'être morte.

ISMÈNE

Je t'avais donné assez de conseils!

ANTIGONE

Tes conseils étaient bons; j'ai trouvé mon projet meilleur.

ISMÈNE

Ta faute est notre faute.

ANTIGONE

Rassure-toi. Tu vivras. Il y a longtemps que mon cœur est mort. Il ne peut servir que les morts.

CRÉON

Ces deux filles sont complètement folles.

ISMÈNE

Nous avons eu de quoi perdre la raison.

CRÉON

C'est ce qui t'arrive quand tu essayes de partager de force la peine des criminels.

ISMÈNE

Sans Antigone comment voulez-vous que je vive?

CRÉON

N'en parle plus. Elle est morte.

ISMÈNE

Tu vas tuer la fiancée de ton fils!

CRÉON

Il trouvera d'autres ventres.

ISMÈNE

C'est le seul mariage qu'il veuille.

CRÉON

Je n'accepte pas une méchante bru.

ANTIGONE

O, cher Hémon, comme ton père te traite!

CRÉON

Vous commencez à m'ennuyer toi et tes noces.

LE CHŒUR

Pourras-tu priver ton fils de celle qu'il aime?

CRÉON

C'est la mort qui rompra le mariage.

ISMÈNE

Sa mort est donc certaine?

CRÉON

Certaine. Mais assez de temps perdu. Gardes, arrêtez ces femmes. Les plus braves se sauvent quand la mort vient.

*Ils sortent.*

LE CHŒUR

Heureux les innocents. La fatalité s'est mise sur cette famille. Dans la maison des Labdacides, je vois des malheurs neufs qui s'entassent sur les vieux. Un dieu leur donne la chasse sans relâche. Jupiter, tu ne dors jamais. Éternellement jeune, tu habites l'Olympe. Mais la race des hommes ne peut jouir d'une paix sans mélange. Elle n'évite aucun désastre. Car si un dieu nous conduit à notre perte, il change de place le bien et le mal. Mais voici Hémon. Vient-il se plaindre?

CRÉON

Mon fils, tu connais le crime et la sentence. Viens-tu vers nous en rebelle, ou te sommes-nous toujours aussi cher?

HÉMON

Je m'incline. Il n'est pas de mariage qui tienne en face de tes sages conseils.

CRÉON

Bien dit. Un fils doit obéir. A quoi servent les fils? A aimer nos amis et à faire à nos ennemis tout le mal qu'ils méritent. On gèle dans les bras d'une épouse indigne. Laisse donc cette jeune personne épouser quelqu'un aux enfers. Elle parle de lois de Jupiter, de lois du sang! Halte. Si je souffre que mes proches se révoltent, que puis-je attendre des Thébains? Sévère pour tous ou sévère pour personne. Je ne fais pas mes éloges à celui qui contre-gouverne. Il n'y a pas de plus grande plaie que l'anarchie. Elle ruine les villes, brouille les familles, gangrène les militaires. Et si l'anarchiste est une femme, c'est le comble. Il vaudrait mieux céder à un homme. On ne dira pas que je me suis laissé mener par les femmes.

LE CHŒUR

Si la vieillesse ne me trouble pas complètement le cerveau, il me semble, ô roi, que tu t'exprimes avec une sagesse exquise.

HÉMON

Tu es sage, mon père, mais un autre peut aussi être sage. Je suis placé pour entendre ce que chacun pense de toi. Tu terrorises le peuple. Il rumine les mots que tu empêches de sortir. Moi je les entends. Je rôde. Je surprends les conciliabules. Je sais comme Thèbes juge le cas de cette jeune fille noble, glorieuse, que tu condamnes. « Quoi, on la tue pour avoir enterré son frère? Mais elle mérite qu'on la récompense. » Voilà la rumeur publique.

Quant à moi, ton règne est ce que je respecte le plus. Ne t'obstine donc pas à croire, père, que seul tu as toujours raison. Celui qui s'imagine avoir seul la sagesse, l'éloquence, la force, s'expose au ridicule. L'intelligence permet de se contredire. Un pilote qui tiendrait rageusement sa voile raide chavirerait vite. Baisse ta voile. Calme-toi. Crois-moi. Je suis très jeune, mais je sais que je plaide une cause très juste.

LE CHŒUR

O roi, s'il a raison, écoute-le. S'il a tort, qu'il t'écoute. Le procès est, de part et d'autre, en excellentes mains.

CRÉON

Quoi, quoi? Nous apprendrions la justice d'un gamin?

HÉMON

Encore injuste! L'âge ne compte pas. Ne regarde pas mon âge, regarde mes actes.

CRÉON

C'est donc bien agir que de louer les anarchistes.

HÉMON

Je ne saurais louer les méchants.

CRÉON

Et cette femme n'est pas méchante? Elle n'est pas malade de méchanceté?

HÉMON

Ce n'est pas l'opinion des rues.

CRÉON

Parfait! La rue va me dire mon chemin.

HÉMON

Tu viens de parler en jeune homme. Tu le sais.

CRÉON

Dois-je diriger cette ville dans un autre sens que ma vie?

HÉMON

Il n'existe pas de ville faite pour un seul homme.

CRÉON

La ville est femme légitime de son chef.

HÉMON

Habite une ville déserte si tu veux gouverner seul.

CRÉON

Il a l'air de prendre parti pour une fille!

HÉMON

Alors te voilà fille, car c'est à toi que je m'intéresse le plus.

CRÉON

Canaille! Tu insultes ton père.

HÉMON

C'est que je vois mon père injuste.

CRÉON

Tu trouves injuste que je maintienne mes prérogatives.

HÉMON

Tes prérogatives! Tu piétines la volonté des dieux.

CRÉON

Cœur mou! Cœur mou! Tu te laisses entortiller par une femme.

HÉMON

Possible. En tout cas la fausse procédure ne m'entortillera jamais.

CRÉON

Tu ne plaides que pour elle.

HÉMON

Et pour toi et pour moi et pour les dieux infernaux.

CRÉON

Jamais tu ne l'épouseras vivante.

HÉMON

Je l'épouserai donc morte, aux enfers.

CRÉON

Tu me menaces de suicide.

HÉMON

Je ne menace en rien. J'essaye de combattre ton injustice.

CRÉON

Tu te repentiras, monsieur le raisonneur.

HÉMON

Si je n'étais ton fils, je dirais que tu bats la campagne.

CRÉON

Esclave de femmes, prends garde! Ne me tourne pas la tête avec ton caquet.

HÉMON

Tu parles tout le temps et tu n'écoutes personne.

CRÉON

Ah! c'est ainsi. Soldats, amenez la folle, amenez la folle! vite! vite! pour qu'elle meure en face de son fiancé.

HÉMON

Tu te trompes. Elle ne mourra pas en ma

présence. C'est la dernière fois que je te parle. Adieu. Exerce ta rage devant les courtisans qui la supportent.

LE CHŒUR

O roi, il part. Il court. Il est hors de lui-même. A son âge le désespoir est à craindre.

CRÉON

Qu'il tente l'impossible. Il ne les sauvera pas.

LE CHŒUR

Quoi! Tu condamnes Antigone et Ismène.

CRÉON

Non. C'est vrai. Pas celle qui n'a point touché la charogne. Ta remarque est juste.

LE CHŒUR

Et quel genre de mort réserves-tu à l'autre?

CRÉON

Je la murerai vivante dans une caverne du désert. Je lui laisserai de la nourriture, juste de quoi expier. Elle aura le loisir de prier Pluton. Elle verra si les dieux infernaux la protègent.

LE CHŒUR

Amour qui saisis les uns et les autres. Amour qui fais pauvre le riche et riche le pauvre, amour qui mets en feu les joues de la jeune fille, amour qui traverses la mer et qui entres dans les étables, personne ne t'évite, ni parmi les immortels, ni parmi les hommes à la vie courte. Vénus est invincible quand elle lâche le désir. Moi-même, en cet instant, infidèle à mon prince, je pleure parce que je vois Antigone marcher vers son tombeau.

*Antigone paraît à droite entre les deux gardes. Elle s'arrête.*

ANTIGONE

Citoyens de ma patrie, regardez-moi. Je commence mon dernier voyage et je regarde une dernière fois la lumière du soleil. Le dieu infernal va me prendre vivante, sans que je connaisse le mariage, sans que les chants du mariage répètent mon nom ; c'est la mort qui m'épouse.

LE CHŒUR

Tu mourras donc sans être malade, sans blessure. Libre, vierge, vivante, célèbre, seule entre les mortels, tu entreras chez Pluton.

ANTIGONE

J'ai entendu raconter la mort de la fille de Tantale. Au sommet du Sipyle, elle sentit, tout à coup, le rocher la prendre et pousser autour d'elle comme un lierre dur. Et maintenant la neige la recouvre et ses larmes glaciales coulent du haut en bas. Voilà mon lit, voilà les caresses qui m'attendent.

*Marche.*

LE CHŒUR

Oui da, mais nous sommes de pauvres humains et elle était déesse et fille de dieu. En somme, c'est pour toi, simple mortelle, une grande consolation que d'avoir le sort d'une divinité.

*Halte.*

ANTIGONE

Moquez-vous de moi ; c'est bien le moment ; je vous le conseille. Ils n'attendent même pas que je disparaisse ! Ah ! Thèbes ! Ah ! ma ville aux belles voitures ! Voyez comme on me pousse en riant vers un trou sans nom. Sans nom. Car je ne vais ni chez les hommes, ni chez les ombres, ni chez les vivants, ni chez les morts.

LE CHŒUR

C'est ta faute. Tu as violenté la justice. Tu payes encore pour Œdipe.

ANTIGONE

Je suis une fille de l'inceste. Voilà pourquoi je meurs.

LE CHŒUR

Le culte des morts est beau. mais il n'est pas beau de desobéir à nos maîtres. C'est ton orgueil qui t'a perdue.

ANTIGONE

Rien. Rien. Rien et personne. Je marche au supplice toute seule, sans qu'on me plaigne, sans mari, sans ami, sans encouragements. Je ne verrai plus le jour. Je ne verrai plus son œil d'or. Je ne verrai plus le soleil!

*Marche.*

CRÉON

Tu l'as déjà dit. Savez-vous que s'il fallait tant d'histoires et de cantates pour mourir on n'en finirait jamais. Hop! Qu'on l'emporte vite. Qu'on l'enferme. Qu'on la laisse là.

*Sur un élan d'Antigone le garde de droite laisse tomber sa lance devant elle. Le garde de gauche saisit le bout de la lance. Antigone l'empoigne. Elle a l'air d'une femme à la barre d'un tribunal entre deux municipaux.*

ANTIGONE

Adieu. Qu'on me vole ma part de vie. Je vais revoir mon père, ma mère, Etéocle. Quand vous êtes morts je vous ai lavés, je vous ai fermé les yeux. Je t'ai aussi fermé les yeux Polynice — et — j'ai — eu — raison. Car jamais je n'aurais fait cet effort mortel pour des enfants ou un époux. Un époux, un autre peut le remplacer. Un fils, on peut en concevoir un autre. Mais comme nos parents sont morts, je ne pouvais espérer des frères nouveaux. C'est en vertu de ce principe que j'ai agi, qu'on me frappe, que Créon me prive du mariage et de la maternité.

Qu'est-ce que j'ai donc fait aux dieux? Ils m'abandonnent. S'ils approuvent mes bourreaux, je le saurai demain et je regretterai mon acte; mais s'ils les désapprouvent — ah! qu'ils leur infligent mes tortures.

*Marche.*

LE CHŒUR

Son âme n'a aucune détente.

CRÉON

Il en pourra coûter cher à ceux qui la conduisent et qui lambinent exprès.

ANTIGONE

Ma mort ne sera pas longue.

CRÉON

Ne t'imagine pas que le supplice consiste simplement à t'effrayer.

*Antigone conduite par les gardes descend au premier plan, en contrebas. Un des gardes entre dans une trappe, l'autre le suit et tire légèrement Antigone par son manteau. Elle s'enfonce à son tour.*

ANTIGONE, *à mi-corps.*

Ma Thèbes! C'est fini. On m'entraîne. Chefs! Chefs Thébains! on outrage votre dernière princesse; voyez ce que je souffre et voyez quels hommes punissent mon cœur.

*Elle disparaît.*

LE CHŒUR

Danaé aussi fut enterrée vive et couche dans le bronze; et pourtant, ma fille, elle était de race illustre et portait la semence d'or de Jupiter. Bacchus a pétrifié le fils de Dryas. Ce jeune homme regrette beaucoup d'avoir bousculé les ménades, éteint leurs torches et ri des muses.

*Tirésias entre par la droite, guidé par un jeune garçon.*

TIRÉSIAS

Chefs Thébains, nous voici un en deux. Car je suis aveugle et je ne marche qu'avec un guide.

CRÉON

Quoi de neuf, Tirésias?

TIRÉSIAS

Tu vas le savoir, mais obéis.

CRÉON

Je t'ai toujours cru.

TIRÉSIAS

Aussi tu gouvernais en ligne droite. Sache que tu dérives.

CRÉON

Tu m'effrayes.

TIRÉSIAS

Cet enfant me mène et je mène les autres. Il a vu nos autels couverts des détritus du cadavre de Polynice. Les chiens et les vautours les apportent. Depuis, les dieux repoussent nos sacrifices et les bêtes gorgées de charogne hurlent partout. Crois-moi, mon fils. Qu'un homme se trompe, passe encore; mais qu'il insiste, c'est preuve de sottise. Ne frappe plus un mort. C'est mon amour qui te parle.

CRÉON

Parfait! Me voilà une cible de tir à l'arc. Vous vous acharnez tous contre moi. Bon! Bon! Enrichissez-vous. Trafiquez. Gagnez l'or des Sardes et de l'Inde; mais jamais on n'enterrera Polynice. Les aigles iraient-ils porter sa charogne sur le trône de Jupiter que je refuserais toujours. Un mortel ne souille pas les dieux. On te paye, Tirésias, c'est le signe de ta chute.

TIRÉSIAS

Un homme! Un homme qui sache! qui comprenne!

CRÉON

La clique des devins est avide d'argent.

TIRÉSIAS

Et celle des rois avide d'impôts.

CRÉON

Sais-tu que je suis ton roi.

TIRÉSIAS

Je le sais d'autant plus que tu me dois ton trône et le salut de Thèbes.

CRÉON

Tu aimes les paradoxes.

TIRÉSIAS

Tu m'obliges à dire ce que je voulais dissimuler.

CRÉON

Parle, mais ne sers pas qui te paye.

TIRÉSIAS

J'ai donc l'air bien riche?

CRÉON

Et sache que je ne changerai pas d'avis.

TIRÉSIAS

Sache à ton tour que la mort de ton fils payera le crime d'enterrer une femme vivante et de disputer un cadavre à Pluton. Ton palais va se remplir de plaintes. La colère soulève contre toi les villes où les bêtes transportent des chairs sanguinolentes. Guide-moi, petit. Que cet homme apprenne désormais à mater sa langue et à respecter notre âge.

*Il sort.*

LE CHŒUR

Créon, ses oracles ne se trompent jamais.

CRÉON

Hélas! Ma tête se trouble. Voyons, voyons... il

est atroce de céder. D'autre part, il est atroce d'attirer la malchance en s'obstinant. Que me conseilles-tu ?

LE CHŒUR

Sauve la jeune fille.

CRÉON

Ça ! Et tu veux que je cède ?

LE CHŒUR

Mais dépêche-toi donc ; la vengeance des dieux galope.

CRÉON

S'il le faut... heu... c'est dur... très dur...

LE CHŒUR

Va. Va. Va. N'en charge personne.

CRÉON

J'y cours. Qu'on me suive avec des haches, des pioches, des leviers. Je crains qu'il soit impossible de s'en tenir toujours aux vieilles lois.

*Il sort.*

LE CHŒUR

Toi, couronné de mille noms : Bacchus ! habitant de Thèbes, la métropole des Bacchantes, tu fais danser les étoiles et chanter la nuit. Foule, avec tes grands pieds, ta montagne, comme du raisin. Cours ! Accours !! Aide-nous. Saute ici, avec tes ivres mortes.

*Décor seul et Musique*[1].

UN MESSAGER

Concitoyens de Cadmus, la fortune est changeante. Naguère j'enviais Créon. Maintenant sa chance s'effondre. La richesse et le trône, que valent-ils sans ioie ?

LE CHŒUR

Parle.

LE MESSAGER

Hémon s'est suicidé.

LE CHŒUR

O Tirésias ! Voici la reine Eurydice. Elle aura entendu quelque chose.

1. A la reprise, un prologue masqué, sorte de statue vivante, précédait la pièce et traversait la scène pendant ce vide musical.

EURYDICE, *paraît en haut des marches, à droite, elle parle péniblement.*

C'est-à-dire... que... j'ai... un peu entendu. J'entrouvrais la porte du temple de Minerve. J'ai failli tomber à la renverse. Qu'y a-t-il? Je dois écouter. Je peux vous écouter. Allez, je suis forte. J'ai une certaine expérience du malheur.

LE MESSAGER

O ma chère maîtresse, écoute le récit d'un témoin. Après avoir brûlé avec le roi ce qui reste de Polynice et prié la déesse des carrefours, nous courions à la caverne d'Antigone, lorsque Créon croit entendre crier son fils dedans. On ouvre à coups de pioche et nous voyons une triste chose : Antigone pendue à une corde faite avec ses voiles. Hémon serrait la pauvre fille dans ses bras.

En apercevant Créon, il perd la tête, dégaine et lui crache dessus. Créon voit son œil de rage et de dégoût. Il comprend la menace. Il se sauve. Alors Hémon s'enfonce le fer dans le corps et son cœur asperge Antigone. Ils s'épousent là dans la mort et le sang répandu.

*Eurydice reçoit ce paquet rouge et disparaît à reculons.*

LE CHŒUR

Pas un mot de la reine. Que faut-il penser?

*Un long temps.*

LE MESSAGER

Elle ne veut pas se donner en spectacle.

*Un long temps.*

LE CHŒUR

Le silence fait plus peur que les cris.

*Un long temps.*

LE MESSAGER

Oui. Je vais me rendre compte.

*Il entre dans le palais.*

LE CHŒUR

Le roi! Il porte son fils.

CRÉON, *il traîne le cadavre sur son dos. Il le fait rouler par terre, s'agenouille, lui caresse les cheveux.*

Mon fils! Mon fils! Hémon! Ha! Mon fils! Je suis un assassin. Je t'ai tué.

LE CHŒUR

Il est bien tard.

CRÉON

Un dieu me tenait à la gorge, un dieu me poussait dans le dos. Toute la maison du bonheur s'écroule sur moi.

LE MESSAGER

Oui prince. Un drame après l'autre.

CRÉON

Encore un drame! Quoi? (*Il montre toute la longueur de son fils.*) Que peut-il arriver de plus?

LE MESSAGER

Ta femme est morte.

CRÉON

Ma femme est morte? Ce n'est pas vrai! Ah, Pluton, tu manges tout. Ma femme après mon fils. Tu mens. Où est-elle?

LE MESSAGER

Regarde. La porte est ouverte.

*Créon monte les marches à droite et regarde.*

CRÉON

Eurydice!

LE MESSAGER

Elle s'est suicidée aux pieds de l'autel en te traitant d'assassin.

CRÉON

J'ai peur. Tuez-moi. Tuez-moi vite. Je tombe dans un trou sans fond.

LE MESSAGER

Elle t'accusait du meurtre d'Hémon et d'Antigone.

CRÉON, *d'une voix stupide.*

Alors quoi? Vous dites. Elle s'est tuée? Ma femme s'est tuée?

LE MESSAGER

Je te le répète.

CRÉON

Au secours! Qu'on m'emmène! Qu'on m'éloigne! Je suis moins que rien, moins que rien. Je ne sais plus où mettre mes regards, mes mains, mes pieds. Tout s'en va, tout me glisse dessous. La foudre me tombe sur la tête.

LE CHŒUR

Il faut craindre d'injurier les dieux. Trop tard, Créon, trop tard.

RIDEAU.

## NOTES

# ANTIGONE PLACE DE LA CONCORDE

*Les grands hommes de la Révolution furent les victimes de Plutarque. Toujours l'art d'après l'art, la politique d'après la politique. On cherche en vain cette implacable raison du cœur qui* « change les vieilles lois ». *Même Charlotte Corday arrive de Caen son Plutarque en poche. Le 13, elle le lit toute la journée à l'hôtel de la Providence. Une heure avant sa mort elle demande un peintre.*

*Un mouvement irrésistible : la prise de la Bastille ; un cri naturel : le cri de Madame du Barry. La foule était plutarquisée. Ce cri la réveilla, l'épouvanta, lui montra que la guillotine n'était pas un symbole. Mais, au tribunal, Charlotte retrouve le timbre de voix d'Antigone. Par exemple :* « Que répondez-vous à cela? — Rien, sinon que j'ai réussi. » *Après son apostrophe à Fouquier-Tinville :* « O le monstre! il me prend pour un assassin! » *on lève la séance dare-dare. Ce mot, dit Chauveau-Lagarde, fut comme un coup de foudre. Les larmes montaient partout. Créon, le tribunal révolutionnaire se dépêchent. C'est que nos raisonneuses puisent leur entêtement dans cette profondeur où les intérêts ne comptent plus. Changer les lois en s'assemblant, en délibérant, il y a bien des chances pour que de fausses lois remplacent des lois fausses. Tout le rôle d'Antigone est un cri de révolte et de raison. Puisqu'on évitait les saintes, c'est elle que Robespierre devait commander à David. La manie de copier l'antique y trouvait son compte et la France possédait une véritable image de la Liberté.*

*J'ai souvent entendu se demander pourquoi j'avais choisi* ANTIGONE *et* ROMÉO *plutôt que toute autre pièce de Sophocle et de*

*Shakespeare. Les motifs du choix d'Antigone se trouvent dans la* LETTRE A JACQUES MARITAIN. *Antigone est ma sainte. Quant à Roméo, je voulais opérer un drame de Shakespeare, trouver l'os sous les ornements. J'ai donc choisi le drame le plus orné, le plus enrubanné.*

*Peut-être, un jour, copierai-je* ŒDIPE. *J'aurai plaisir à voir de près la première apparition d'Antigone. A Colone, elle m'ennuie, je l'avoue.*

*C'est l'âge ingrat.*

Suivirent ŒDIPE, d'après Sophocle, ŒDIPUS REX avec Igor Stravinsky et LA MACHINE INFERNALE.

1926

*Afin de boucler la boucle, ce volume devrait contenir les arguments de* PARADE *et du* BŒUF SUR LE TOIT, *l'adaptation du* ROMÉO ET JULIETTE *de Shakespeare.*

*Mais* PARADE, LE BŒUF, ROMÉO, *furent les véhicules d'une entreprise ambitieuse : sauver la scène française coûte que coûte, exploiter les ressources du théâtre en soi, négliger jusqu'à nouvel ordre la littérature dramatique en faveur d'une beauté qui ne peut se mouvoir hors les planches.*

PARADE (1917), LE BŒUF (1920) *doivent céder la place au souvenir déformé qu'on en garde.*

*Une mise en scène est un suicide. Son rôle se borne à réveiller quelques dormeurs.*

*Sophocle, jeune, monte quatre ou cinq orchestiques. Le chorégraphe de* ROMÉO *donnerait cher pour les connaître. Hélas, l'archéologie ne fouille pas encore le silence et le vide grecs. Des musiques et des gestes mystérieux s'accumulent sur les ruines d'Athènes. Le touriste respire un air léger plus bondé de trésors qu'une tombe royale.*

*« Cependant,* ROMÉO, *direz-vous, c'est un texte. » Un texte prétexte. Nous l'estimons inséparable des surprises visuelles qu'il motivait*[1].

MARIÉS, ANTIGONE, *eux, peuvent se dévêtir. La nudité leur va.*

1. Je l'ai publié depuis, avec ŒDIPE, au ROSEAU D'OR, sur la prière d'amis anglais et de Jacques Maritain.

# *Les mariés de la Tour Eiffel*

# PRÉFACE DE 1922

*Toute œuvre d'ordre poétique renferme ce que Gide appelle si justement dans sa préface de* PALUDES : La part de Dieu. *Cette part, qui échappe au poète même, lui réserve des surprises. Telle phrase, tel geste, qui n'avaient pour lui qu'une valeur comparable à celle du volume chez les peintres, contiennent un sens secret que chacun interprétera ensuite. Le véritable symbole n'est jamais prévu. Il se dégage tout seul, pour peu que le bizarre, l'irréel, n'entrent pas en ligne de compte.*

*Dans un lieu féerique, les fées n'apparaissent pas. Elles s'y promènent invisibles. Elles ne peuvent apparaître aux mortels que sur le plancher des vaches.*

*Les esprits simples voient les fées plus facilement que les autres, car ils n'opposent pas au prodige la résistance des esprits forts. Je pourrais dire que le chef électricien, avec ses réflexions, m'a souvent éclairé la pièce.*

*Je lisais, dans les souvenirs d'Antoine, le scandale provoqué par la présence, sur scène, de véritables quartiers de viande et d'un jet d'eau. Nous voici maintenant à l'époque où le public, convaincu par Antoine, se fâche si on ne pose pas sur scène de véritables objets, si on ne le jette pas dans une intrigue aussi compliquée, aussi longue, que celles dont le théâtre devrait servir à le distraire.*

LES MARIÉS DE LA TOUR EIFFEL, *à cause de leur franchise, déçoivent davantage qu'une pièce ésotérique. Le mystère inspire au public une sorte de crainte. Ici, je renonce au mystère. J'allume tout, je souligne tout. Vide du dimanche, bétail humain, expressions toutes faites, dissociations d'idées en chair et en os, férocité de l'enfance, poésie et miracle de la vie quotidienne : voilà ma pièce, si bien comprise par les jeunes musiciens qui l'accompagnent.*

*

*Une phrase du photographe pourrait me servir de frontispice.* « Puisque ces mystères me dépassent, feignons d'en être l'organisateur. » *C'est notre phrase, par excellence. L'homme fat trouve toujours un dernier refuge dans la responsabilité. Ainsi, par exemple, prolonge-t-il une guerre après que le phénomène qui la décide a pris fin.*

*Dans* LES MARIÉS, *la part de Dieu est grande. Les phonographes humains, à droite et à gauche de la scène, comme le chœur antique, comme le compère et la commère, parlent, sans la moindre littérature, l'action ridicule qui se déroule, se danse, se mime au milieu. Je dis ridicule, parce qu'au lieu de chercher à me tenir en deçà du ridicule de la vie, de l'atténuer, de l'arranger, comme nous arrangeons, en racontant, une aventure où nous jouons un rôle défavorable, je l'accentue au contraire, je le pousse au-delà, et je cherche à peindre* plus vrai que le vrai.

*Le poète doit sortir objets et sentiments de leurs voiles et de leurs brumes, les montrer soudain, si nus et si vite, que l'homme a peine à les reconnaître. Ils le frappent alors avec leur jeunesse, comme s'ils n'étaient jamais devenus des vieillards officiels.*

*C'est le cas des lieux communs, vieux, puissants et universellement admis à la façon des chefs-d'œuvre, mais dont la beauté, l'originalité, ne nous surprennent plus à force d'usage.*

*Dans notre spectacle, je réhabilite le lieu commun. A moi de le présenter sous tel angle qu'il retrouve ses vingt ans.*

*Une génération d'obscurité, de réalité fade, ne se rejette pas d'un coup d'épaule. Je sais que mon texte a l'air trop simple, trop* LISIBLEMENT ÉCRIT, *comme les alphabets d'école. Mais, dites, ne sommes-nous pas à l'école? Ne déchiffrons-nous pas les premiers signes?*

*La jeune musique se trouve dans une situation analogue. Il s'y crée de toutes pièces une clarté, une franchise, une bonne humeur nouvelles. Le naïf se trompe. Il croit entendre un orchestre de café-concert. Son oreille commet l'erreur d'un œil qui ne ferait aucune différence entre une étoffe criarde et la même étoffe copiée par Ingres.*

*Dans* LES MARIÉS, *nous employons les ressources populaires que la France méprise chez elle, mais qu'elle approuve dehors lorsqu'un musicien étranger les exploite.*

*Croyez-vous, par exemple, qu'un Russe puisse*

*entendre* PETROUCHKA *de la même manière que nous? Outre les prestiges de ce chef-d'œuvre musical, il y retrouve son enfance, les dimanches de Petrograd, les chansons des nourrices.*

*Pourquoi me refuserais-je ce double plaisir? Je vous affirme que l'orchestre des* MARIÉS DE LA TOUR EIFFEL, *me touche davantage que bien des danses russes ou espagnoles. Il n'est pas question de palmarès. Je crois avoir assez exalté les musiciens russes, allemands, espagnols, les orchestres nègres, pour me permettre un cri du cœur.*

*Il est curieux d'entendre les Français de n'importe quel bord repousser avec colère tout ce qui est propre à la France, et accueillir l'esprit local étranger sans contrôle. Il est curieux aussi que, dans* LES MARIÉS DE LA TOUR EIFFEL, *un public de répétition générale se soit scandalisé d'un type de ganache classique, placé dans le cortège de la noce au même titre que les lieux communs dans le texte.*

*

*Toute œuvre vivante comporte sa propre parade. Cette parade seule est vue par ceux qui n'entrent pas. Or, la surface d'une œuvre nouvelle heurte, intrigue, agace trop le spectateur pour qu'il entre. Il est détourné de l'âme par le visage, par l'expression inédite qui le distrait comme une grimace de clown à la porte. C'est ce phénomène qui trompe les critiques les moins esclaves de la routine. Ils ne se rendent pas compte qu'ils assistent à un ouvrage qu'il faut suivre attentivement au même titre qu'un drame du boulevard. Ils se croient à la foire du Trône. Un critique consciencieux qui n'écrirait pas, racontant un de ces drames, « La duchesse embrasse le maître l'hôtel » au lieu de « Le maître d'hôtel remet une lettre à la duchesse », n'hésite pas, racontant* LES MARIÉS, *à faire sortir la cycliste ou le collectionneur de l'appareil de photographie, ce qui est aussi absurde. Non l'absurde organisé, voulu, le bon absurde, mais l'absurde tout court. Il ne sait pas encore la différence. Seul parmi les critiques, M. Bidou, plus au courant des recherches contemporaines, expliqua aux lecteurs des* DÉBATS, *que ma pièce était une* construction de l'esprit [1].

*

*L'action de ma pièce est imagée tandis que le texte ne l'est pas. J'essaie donc de substituer une « poésie de théâtre » à la « poésie au théâtre ». La poésie au théâtre est une dentelle délicate impossible à voir de loin. La poésie de théâtre serait une grosse dentelle; une dentelle en cordages, un navire sur la mer.* LES MARIÉS *peuvent avoir l'aspect terrible d'une goutte de poésie au microscope. Les scènes s'emboîtent comme les mots d'un poème.*

*

*Le secret du théâtre, qui nécessite le succès rapide, est de tendre un piège, grâce auquel une partie de la salle s'amuse à la porte pour que l'autre partie puisse prendre place à l'intérieur. Shakespeare, Molière, le profond Chaplin, le savent bien.*

1. Lui seul devait aussi écrire d'ORPHÉE que c'était « *une méditation sur la mort* ».

*Après les sifflets, le tumulte, les ovations du premier soir où les Suédois représentèrent notre pièce au théâtre des Champs-Élysées, j'aurais cru mon coup manqué, si la salle de gens avertis n'avait fait place au vrai public Ce public m'écoute toujours.*

*

*Après* LES MARIÉS, *une spectatrice me reprocha qu'ils ne passassent pas assez la rampe. Comme le grief m'étonnait (masques et porte-voix passent mieux la rampe que visages et voix réels), la dame avoua aimer tellement le plafond de Maurice Denis qui décore le théâtre, qu'elle louait les places les plus hautes, ce qui l'empêchait de bien regarder la scène.*

*Je donne cet aveu comme exemple des réflexions faites par un petit monde sans tête ni cœur qui forme ce que les journaux appellent l'élite.*

*Du reste, nos sens sont si mal habitués à réagir ensemble, que les critiques, mes éditeurs même, crurent que cette grande machine comportait deux ou trois pages de texte. Il faut aussi mettre cette erreur de perspectives sur le compte du manque de développement des idées. Développement que l'oreille a coutume d'entendre, depuis la pièce à thèse et le symbolisme.* UBU, *de Jarry, et* LES MAMELLES DE TIRÉSIAS, *d'Apollinaire, sont à la fois des pièces à symboles et à thèse.*

*Le débit de Pierre Bertin et de Marcel Herrand, mes phonographes, entre pour quelque chose dans l'erreur. Diction noire comme de l'encre, aussi grosse et aussi nette que les majuscules d'une réclame. Ici, ô surprise, les acteurs cherchent à servir le texte au lieu de se servir de lui. Encore une nouveauté lyrique dont une salle n'a pas l'habitude.*

*

*Abordons le reproche de bouffonnerie qui m'est souvent fait à notre époque éprise de faux sublime et, avouons-le, encore amoureuse de Wagner.*

*Si le froid signifiait : nuit, et le chaud : lumière, tiède signifierait : pénombre. Les fantômes aiment la pénombre. Le public aime le tiède. Or, outre que l'esprit de bouffonnerie comporte un éclairage peu propice aux fantômes (j'appelle ici fantômes ce que le public appelle poésie), outre que Molière se montre plus poète dans* POURCEAUGNAC, *le* BOURGEOIS GENTILHOMME, *que dans ses pièces en vers, l'esprit de bouffonnerie est le seul qui autorise certaines audaces.*

*Le public vient au théâtre pour se détendre. Il est habile de l'amuser, de lui montrer les pantins et les sucreries qui permettent d'administrer une médecine aux enfants rebelles. La médecine prise, nous passerons à d'autres exercices.*

*

*Avec des Serge de Diaghilev, des Rolf de Maré, nous voyons peu à peu naître en France un genre théâtral qui n'est pas le ballet proprement dit, et qui ne trouve sa place ni à l'Opéra, ni à l'Opéra-Comique, ni sur aucune de nos scènes du boulevard. C'est là, en marge, que s'ébauche l'avenir. Notre ami Lugné-Poe le constate et s'en effraye dans un de ses articles. Ce genre nouveau, plus conforme à l'esprit* moderne, reste encore un monde inconnu, riche en découvertes.

Révolution qui ouvre toute grande, une porte aux explorateurs. Les jeunes peuvent poursuivre des recherches, où la féerie, la danse, l'acrobatie, la pantomime, le drame, la satire, l'orchestre, la parole combinés réapparaissent sous une forme inédite ; ils monteront sans moyens de fortune, ce que les artistes officiels prennent pour des farces d'atelier et qui n'en est pas moins l'expression plastique de la poésie.

*

Au reste, à Paris, bonne et mauvaise humeur composent l'atmosphère la plus vivante du monde. Serge de Diaghilev me disait un jour qu'il ne la trouve dans aucune autre capitale.

Sifflets et ovations. Presse injurieuse. Quelques articles-surprise. Trois ans après, les détracteurs applaudissent et ne se souviennent plus d'avoir sifflé. C'est l'histoire de PARADE, et de toutes les œuvres qui changent les règles du jeu.

*

Une pièce de théâtre devrait être écrite, décorée, costumée, accompagnée de musique, jouée, dansée par un seul homme. Cet athlète complet n'existe pas. Il importe donc de remplacer l'individu par ce qui ressemble le plus à un individu : un groupe amical.

Il existe beaucoup de chapelles, mais peu de ces groupes. J'ai la chance d'en former un avec quelques jeunes musiciens, poètes et peintres. LES MARIÉS DE LA

TOUR EIFFEL, *en bloc, sont l'image d'un état d'esprit poétique auquel je suis fier d'avoir déjà beaucoup contribué*[1].

★

*Grâce à Jean Hugo, mes personnages, au lieu d'être, comme il arrive au théâtre, trop petits, trop vrais pour supporter les masses lumineuses et décoratives, sont construits, rectifiés, rembourrés, amenés à force d'artifice à une ressemblance et à une échelle épiques. Je retrouve dans Jean Hugo certain atavisme de réalité monstrueuse. Grâce à Irène Lagut, notre* TOUR EIFFEL *évoque le myosotis, les papiers guipure des compliments.*

*L'ouverture de Georges Auric,* LE QUATORZE JUILLET, *troupes en marche dont la musique éclate au coin d'une rue et s'éloigne, évoque aussi le charme puissant du trottoir, de la fête populaire, des estrades d'andrinople semblables à la guillotine, autour desquelles tambours et pistons font danser les dactylographes, les marins et les commis. Ces ritournelles accompagnent bas la pantomime comme l'orchestre du cirque répète un motif pendant le numéro d'acrobates.*

*La même atmosphère circule dans la* Marche nuptiale *de Milhaud, le* Quadrille, *la* Valse des Dépêches, *de Germaine Tailleferre, la* Baigneuse de Trouville, *le* Discours du général, *de Poulenc. Dans la* Marche funèbre *Arthur Honegger s'amuse à parodier ce que nos musicographes appellent gravement :* la Musique. *Inutile de dire que tous tombèrent*

1. Il s'agissait en somme de déniaiser la niaiserie. Tout reste à déniaiser, même le cœur. Le sublime aura son tour. Alors on nous entendra peut-être réhabiliter Wagner.

*dans le panneau. A peine les premiers motifs de la marche se font-ils entendre, que les longues oreilles se dressent. Nul ne s'avisa que cette marche était belle comme un sarcasme, écrite avec un goût, un sens de l'opportunité extraordinaire. Aucun des critiques, lesquels tous s'accordent à louer ce morceau, n'y reconnut, servant de basse, la valse de* Faust.

*En quels termes remercierai-je MM. Rolf de Maré et Borlin? Le premier par sa clairvoyance et sa largesse, le second, par sa modestie, m'ont permis de mettre au point une formule que j'avais essayée dans* PARADE *et dans* LE BŒUF SUR LE TOIT.

Les mariés de la Tour Eiffel *ont été représentés, pour la première fois, le soir du 18 juin 1921, au* Théâtre des Champs-Élysées, *par la compagnie des ballets suédois de M. Rolf de Maré.*

*Musique de* Germaine Tailleferre, Georges Auric, Arthur Honegger, Darius Milhaud *et* Francis Poulenc.

*Chorégraphie de* Jean Cocteau.

*Décor d'*Irène Lagut.

*Costumes et masques de* Jean Hugo.

DISTRIBUTION

(*dans l'ordre des entrées en scène*)

| | |
|---|---|
| PHONO UN | Marcel Herrand. |
| PHONO DEUX | Pierre Bertin. |
| L'AUTRUCHE | Thérèse Petterson. |
| LE CHASSEUR | Kaj Smith. |
| LE DIRECTEUR DE LA TOUR EIFFEL | Holger Mehnen. |

| | |
|---|---|
| LE PHOTOGRAPHE | Axel Witzansky. |
| LA MARIÉE | Margit Wahlander. |
| LE MARIÉ | Paul Eltorp. |
| LA BELLE-MÈRE | Irma Calson. |
| LE BEAU-PÈRE | Kristian Dahl. |
| LE GÉNÉRAL | Paul Witzansky. |
| 1re DEMOISELLE D'HONNEUR | Helga Dahl. |
| 2e DEMOISELLE D'HONNEUR | Klara Kjellblad. |
| 1er GARÇON D'HONNEUR | Nils Ostman. |
| 2e GARÇON D'HONNEUR | Dagmar Forslin. |
| LA CYCLISTE | Astrid Lindgren. |
| L'ENFANT | Jolanda Figoni. |
| LA BAIGNEUSE DE TROUVILLE | Carina Ari. |
| LE LION | Eric Viber. |
| LE COLLECTIONNEUR | Robert Ford. |
| LE MARCHAND DE TABLEAUX | Tor Stettler. |
| 1re DÉPÊCHE | Torborg Stjerner. |
| 2e DÉPÊCHE | Magar. Johansson. |
| 3e DÉPÊCHE | Greta Lundberg. |
| 4e DÉPÊCHE | Berta Krantz. |
| 5e DÉPÊCHE | Astrid Lindgren. |

## DÉCOR

*Première plate-forme de la Tour Eiffel.*

*La toile du fond représente Paris à vol d'oiseau.*

*A droite, au second plan, un appareil de photographie, de taille humaine. La chambre noire forme un corridor qui rejoint la coulisse. Le devant de l'appareil s'ouvre comme une porte, pour laisser entrer et sortir des personnages.*

*A droite et à gauche de la scène, au premier plan, à moitié cachés derrière le cadre, se tiennent deux acteurs, vêtus en phonographes, la boîte contenant le corps, le pavillon correspondant à leur bouche. Ce sont ces phonographes qui commentent la pièce et récitent les rôles des personnages. Ils parlent très fort, très vite et prononcent distinctement chaque syllabe.*

*Les scènes se jouent au fur et à mesure de leur description.*

## ORDRE DES MUSIQUES

| | |
|---|---|
| 1. *Ouverture* | Georges Auric. |
| 2. *Marche nuptiale* (entrée) | Darius Milhaud. |
| 3. *Discours du général* | Francis Poulenc. |
| 4. *La baigneuse de Trouville* | Francis Poulenc. |
| 5. *Le Massacre* (fugue) | Darius Milhaud. |
| 6. *Valse des dépêches* | Germaine Tailleferre. |
| 7. *Marche funèbre* | Arthur Honegger. |
| 8. *Quadrille* | Germaine Tailleferre. |
| 9. *Marche nuptiale* (sortie) | Darius Milhaud. |

*Pendant l'action trois ritournelles de* Georges Auric.

*Les passages entre crochets doivent être supprimés à la représentation.*

*Le rideau se lève sur un roulement de tambour qui termine l'ouverture. Décor vide.*

PHONO UN

Vous êtes sur la première plate-forme de la Tour Eiffel.

PHONO DEUX

Tiens! une autruche. Elle traverse la scène. Elle sort. Voici le chasseur. Il cherche l'autruche. Il lève la tête. Il voit quelque chose. Il épaule. Il tire.

PHONO UN

Ciel! une dépêche.

*Une grande dépêche bleue tombe des frises.*

PHONO DEUX

La détonation réveille le directeur de la Tour Eiffel. Il apparaît.

PHONO UN

Ah ça, monsieur, vous vous croyez donc à la chasse?

PHONO DEUX

Je poursuivais une autruche. J'ai cru la voir prise dans les mailles de la Tour Eiffel

PHONO UN

Et vous me tuez une dépêche.

PHONO DEUX

Je ne l'ai pas fait exprès.

PHONO UN

Fin du dialogue.

PHONO DEUX

Voici le photographe de la Tour Eiffel. Il parle. Que dit-il?

PHONO UN

Vous n'auriez pas vu passer une autruche?

PHONO DEUX

Si! si! je la cherche.

PHONO UN

Figurez-vous que mon appareil de photographie est détraqué. D'habitude quand je dis : « Ne bougeons plus, un oiseau va sortir », c'est un petit oiseau qui sort. Ce matin, je dis à une dame : « Un petit oiseau va sortir » et il sort une autruche. Je cherche l'autruche, pour la faire rentrer dans l'appareil.

PHONO DEUX

Mesdames, messieurs, la scène se corse, car le directeur de la Tour Eiffel s'aperçoit soudain que la dépêche portait son adresse.

PHONO UN

Il l'ouvre.

PHONO DEUX

« Directeur Tour Eiffel. Viendrons noce déjeuner, prière retenir table. »

PHONO UN

Mais cette dépêche est morte.

PHONO DEUX

C'est justement parce qu'elle est morte que tout le monde la comprend.

PHONO UN

Vite ! vite ! Nous avons juste le temps de servir la table. Je vous supprime votre amende. Je vous nomme garçon de café de la Tour Eiffel. Photographe, à votre poste !

PHONO DEUX

Ils mettent la nappe.

PHONO UN

Marche nuptiale.

PHONO DEUX

Le cortège.

*Marche nuptiale. Les phonos annoncent les personnages de la noce qui entrent par couples en marchant comme les chiens dans les pièces de chiens.*

PHONO UN

La mariée, douce comme un agneau.

PHONO DEUX

Le beau-père, riche comme Crésus.

PHONO UN

Le marié, joli comme un cœur.

PHONO DEUX

La belle-mère, fausse comme un jeton.

PHONO UN

Le général, bête comme une oie.

PHONO DEUX

Regardez-le. Il se croit sur sa jument Mirabelle.

PHONO UN

Les garçons d'honneur, forts comme des Turcs.

PHONO DEUX

Les demoiselles d'honneur, fraîches comme des roses.

PHONO UN

Le directeur de la Tour Eiffel leur fait les honneurs de la Tour Eiffel. Il leur montre Paris à vol d'oiseau.

PHONO DEUX

J'ai le vertige!

*Le chasseur et le directeur apportent une table avec les assiettes peintes dessus. La nappe touche par terre.*

PHONO UN

Le général s'écrie : A table, à table! et la noce se met à table.

PHONO DEUX

D'un seul côté de la table pour être vue du public.

PHONO UN

Le général se lève.

PHONO DEUX

Discours du général.

*Le discours du général est à l'orchestre. Il le gesticule seulement.*

PHONO UN

Tout le monde est ému.

PHONO DEUX

Après son discours, le général raconte les phénomènes de mirage dont il fut victime en Afrique.

PHONO UN

Je mangeais une tarte avec le duc d'Aumale. Cette tarte était couverte de guêpes. Nous essayâmes en vain de les chasser. Or, c'étaient des tigres.

PHONO DEUX

Quoi?

PHONO UN

Des tigres. Ils rôdaient à plusieurs milles. Un phénomène de mirage les projetait en tout petit au-dessus de notre tarte et nous les faisait prendre pour des guêpes.

PHONO DEUX

On ne dirait jamais qu'il a soixante-quatorze ans.

PHONO UN

Mais quelle est cette charmante cycliste en jupe-culotte?

*Entre une cycliste. Elle descend de sa machine.*

PHONO DEUX, *voix de cycliste.*

Pardon, messieurs.

PHONO UN

Madame, qu'y a-t-il pour votre service?

PHONO DEUX

Suis-je bien ici sur la route de Chatou?

PHONO UN

Oui, Madame. Vous n'avez qu'à suivre les rails du tramway.

PHONO DEUX

C'est le général qui répond à la cycliste, car il vient de la reconnaître pour un mirage.

*La cycliste remonte en selle et sort.*

PHONO UN

Mesdames, messieurs, nous sommes justement témoins d'un phénomène de mirage. Ils sont fréquents sur la Tour Eiffel. Cette cycliste pédale en réalité sur la route de Chatou[1].

PHONO DEUX

Après cet intermède instructif le photographe s'avance. Que dit-il?

PHONO UN

Je suis le photographe de la Tour Eiffel et je vais faire votre photographie.

1. Les concerts radiophoniques n'étaient pas encore inventés. Ce passage a donc pris après coup un sens actuel qu'il n'avait pas.

PHONO UN ET PHONO DEUX

Oui! oui! oui! oui!

PHONO UN

Formez un groupe.

*La noce forme un groupe derrière la table.*

PHONO DEUX

Vous vous demandez où sont partis le chasseur d'autruche et le directeur de la Tour Eiffel. Le chasseur cherche l'autruche à tous les étages. Le directeur cherche le chasseur et dirige la Tour Eiffel. Ce n'est pas une sinécure. La Tour Eiffel est un monde comme Notre-Dame. C'est Notre-Dame de la rive gauche.

PHONO UN

C'est la reine de Paris.

PHONO DEUX

Elle était reine de Paris. Maintenant elle est demoiselle du télégraphe.

PHONO UN

Il faut bien vivre.

PHONO DEUX

Ne bougeons plus. Souriez. Regardez l'objectif. Un oiseau va sortir.

*Sort une baigneuse de Trouville. Elle est en maillot, porte une épuisette et un panier en bandoulière. Éclairage colorié. La noce lève les bras au ciel.*

PHONO UN

Oh! la jolie carte postale! (*Danse de la baigneuse.*) Le photographe ne partage pas les plaisirs de la noce. C'est la seconde fois depuis ce matin que son appareil lui joue des tours. Il essaye de faire rentrer la baigneuse de Trouville.

PHONO UN

Enfin, la baigneuse rentre dans l'appareil. Le photographe lui fait croire que c'est une cabine de bains.

*Fin de la danse. Le photographe jette un peignoir éponge sur les épaules de la baigneuse. Elle rentre dans l'appareil en sautillant et en envoyant des baisers.*

PHONO UN ET PHONO DEUX

Bravo! Bravo! Bis! bis! bis!

PHONO UN

Encore, si je savais d'avance les surprises que me réserve mon appareil détraqué, je pourrais organiser un spectacle. Hélas! je tremble chaque fois que je prononce les maudites paroles. Sait-on jamais ce qui peut sortir? Puisque ces mystères me dépassent, feignons d'en être l'organisateur.

*Il salue.*

PHONO UN ET PHONO DEUX

Bravo! bravo! bravo!

PHONO DEUX

Mesdames, messieurs, malgré mon vif désir de vous satisfaire, la limite d'heure m'empêche de vous présenter une seconde fois le numéro : Baigneuse de Trouville.

PHONO UN ET PHONO DEUX

Si! Si! Si!

PHONO UN

Le photographe ment pour arranger les choses et pour avoir du succès. Il regarde sa montre. Déjà deux heures! et cette autruche qui ne rentre pas.

PHONO DEUX

La noce forme un autre tableau. Madame, votre pied gauche sur un des éperons. Monsieur, accrochez le voile à votre moustache. Parfait. Ne bougeons plus. Une. Deux. Trois. Regardez l'objectif. Un oiseau va sortir.

*Il presse la poire. Sort un gros enfant. Il porte une couronne de papier vert sur la tête. Sous les bras des livres de prix et une corbeille.*

PHONO UN

Bonjour maman.

PHONO DEUX

Bonjour papa.

PHONO UN

Voilà encore un des dangers de la photographie.

PHONO DEUX

Cet enfant est le portrait de la noce.

PHONO UN

Du reste, écoutez-la.

PHONO DEUX

C'est le portrait de sa mère.

PHONO UN

C'est le portrait de son père.

PHONO DEUX

C'est le portrait de sa grand-mère.

PHONO UN

C'est le portrait de son grand-père.

PHONO DEUX

Il a la bouche de notre côté.

PHONO UN

Il a les yeux du nôtre.

PHONO DEUX

Mes chers parents, en ce beau jour, acceptez tous mes vœux de respect et d'amour.

PHONO UN

Le même compliment vu sous un autre aspect.

PHONO DEUX

Acceptez tous mes vœux d'amour et de respect.

PHONO UN

Il aurait pu apprendre un compliment moins court.

PHONO DEUX

Acceptez tous mes vœux de respect et d'amour.

PHONO UN

Il sera capitaine.

PHONO DEUX

Architecte.

PHONO UN

Boxeur.

PHONO DEUX

Poète.

PHONO UN

Président de la République.

PHONO DEUX

C'est un beau petit mort pour la prochaine guerre.

PHONO UN

Que cherche-t-il dans son panier?

PHONO DEUX

Des balles.

PHONO UN

Que fait-il avec ces balles? On dirait qu'il prépare un mauvais coup.

PHONO DEUX

Il massacre la noce.

PHONO UN

Il massacre les siens pour avoir des macarons.

*L'enfant bombarde la noce qui s'effondre en criant.*

PHONO DEUX

Grâce!

PHONO UN

Quand je pense au mal que nous avons eu à l'élever.

PHONO DEUX

A tous nos sacrifices.

PHONO UN

Misérable! je suis ton père.

PHONO DEUX

Arrête! il en est temps encore.

PHONO UN

N'auras-tu pas pitié de tes grands-parents?

PHONO DEUX

N'auras-tu pas le respect du galon?

PHONO UN

Pan! Pan! Pan!

PHONO DEUX

Je te pardonne.

PHONO UN

Sois maudit.

PHONO DEUX

Il ne reste plus de balles.

PHONO UN

La noce est massacrée.

PHONO DEUX

Le photographe court après l'enfant. Il le menace du fouet. Il lui ordonne de rentrer dans la boîte.

PHONO UN

L'enfant se sauve. Il hurle. Il trépigne. Il veut « vivre sa vie ».

PHONO DEUX

Je veux vivre ma vie! Je veux vivre ma vie!

PHONO UN

Mais quel est cet autre tapage?

PHONO DEUX

Le directeur de la Tour Eiffel. Que dit-il?

PHONO UN

Un peu de silence, s'il vous plaît. Ne faites pas peur aux dépêches.

PHONO DEUX

Papa! Papa! des dépêches.

PHONO UN

Il y en a de grosses.

PHONO DEUX

La noce se relève.

PHONO UN

On

PHONO DEUX

entendrait

PHONO UN

voler

PHONO DEUX

une

PHONO UN

mouche.

PHONO DEUX

Les dépêches prises tombent en scène et se débattent. Toute la noce court après et leur saute dessus

PHONO UN

Là, là, j'en tiens une. Moi aussi. Au secours! A moi! Elle me mord! Tenez bon! Tenez bon!

PHONO DEUX

Les dépêches se calment. Elles se rangent sur une ligne. La plus belle s'avance et fait le salut militaire.

PHONO UN, *voix de compère de revue.*

Mais qui donc êtes-vous?

PHONO DEUX

Je suis la dépêche sans fil et, comme ma sœur la cigogne, j'arrive de New York.

PHONO UN, *voix de commère de revue.*

New York! ville des amoureux et des contre-jours.

PHONO DEUX

En avant la musique!

*Danse des dépêches.*
*Sortie des dépêches.*

PHONO UN

Mon gendre, remerciez-moi. Qui a eu l'idée de venir sur la Tour Eiffel? Qui a eu l'idée de mettre la noce un 14 juillet?

PHONO DEUX

L'enfant trépigne.

PHONO UN

Papa! Papa!

PHONO DEUX

Que dit-il?

PHONO UN

Je veux qu'on me tire en photographie avec le général.

PHONO DEUX

Mon général, vous ne refuserez pas ce plaisir à notre petit Justin?

PHONO UN

Soit

PHONO DEUX

Pauvre photographe. La mort dans l'âme, il charge son appareil.

PHONO UN

L'enfant, à cheval sur le sabre, fait semblant d'écouter le général qui fait semblant de lui lire un livre de Jules Verne.

PHONO DEUX

Ne bougeons plus. C'est parfait. Un oiseau va sortir.

*Sort un lion.*

PHONO UN

Grand Dieu! un lion. Le photographe se cache

derrière son appareil. Toute la noce monte dans les guipures de la Tour Eiffel. Le lion regarde le général car, seul, le général ne bouge pas. Il parle. Que dit-il ?

PHONO DEUX

N'ayez pas peur. Il ne peut y avoir de lion sur la Tour Eiffel. Donc, c'est un mirage, un simple mirage. Les mirages sont en quelque sorte le mensonge du désert. Ce lion est en Afrique comme la cycliste était sur la route de Chatou. Ce lion me voit, je le vois, et nous ne sommes l'un pour l'autre que des reflets.

PHONO UN

Pour confondre les incrédules, le général s'approche du lion. Le lion pousse un rugissement. Le général se sauve, suivi par le lion.

PHONO DEUX

Le général disparaît sous la table. Le lion disparaît derrière lui.

PHONO UN

Après une minute, qui semble un siècle, le lion sort de sous la nappe.

PHONO DEUX

Horreur ! Horreur ! Ahhhhhh !

PHONO UN

Que tient-il dans sa gueule?

PHONO DEUX

Une botte, avec un éperon.

PHONO UN

Après avoir mangé le général, le lion rentre dans l'appareil.

*Plainte funèbre.*

PHONO UN ET PHONO DEUX

Ahhhh! Ahhhh...

PHONO UN

Pauvre général.

PHONO DEUX

Il était si gai, si jeune de caractère. Rien ne l'aurait plus amusé que cette mort. Il aurait été le premier à en rire.

PHONO UN

Funérailles du général.

*Cortège funèbre.*

PHONO DEUX

Le beau-père parle sur la tombe. Que dit-il?

PHONO UN

Adieu, adieu, vieil ami.

Dès vos premières armes, vous avez fait preuve d'une intelligence très au-dessus de votre grade. Vous ne vous êtes jamais rendu, même à l'évidence.

Votre fin est digne de votre carrière. Nous vous avons vu, bravant le fauve, insoucieux du danger, ne le comprenant pas et ne prenant la fuite qu'une fois que vous l'aviez compris.

Encore une fois, adieu, ou plutôt au revoir, car votre type se perpétuera aussi longtemps qu'il y aura des hommes sur la terre.

PHONO DEUX

Trois heures! Et cette autruche qui ne rentre pas.

PHONO UN

Elle aura voulu rentrer à pied.

PHONO DEUX

C'est stupide. Rien n'est plus fragile que les plumes d'autruche.

PHONO UN

Attention!

PHONO DEUX

« Les Mariés de la Tour Eiffel », *quadrille,* par la musique de la Garde Républicaine.

PHONO UN ET PHONO DEUX

Bravo ! Bravo ! Vive la Garde Républicaine.

*Quadrille.*
*Fin du quadrille.*

PHONO DEUX

Ouf ! quelle danse.

PHONO UN

Votre bras.

PHONO DEUX

Monsieur le photographe, vous ne refuserez pas une coupe de champagne ?

PHONO UN

Vous êtes trop aimable. Je suis confus.

PHONO DEUX

A la guerre comme à la guerre. Mais que veut mon petit-fils ?

PHONO UN

Je veux qu'on m'achète du pain pour donner à manger à la Tour Eiffel.

PHONO DEUX

On le vend en bas. Je ne vais pas descendre

PHONO UN

J' veux donner à manger à la Tour Eiffel.

PHONO DEUX

On ne lui donne qu'à certaines heures. C'est pour cela qu'elle est entourée de grillages.

PHONO UN

J' veux donner à manger à la Tour Eiffel

PHONO DEUX

Non, non et non.

PHONO UN

La noce pousse des cris, car voici l'autruche. Elle s'était cachée dans l'ascenseur. Elle cherche une autre cachette. Le chasseur approche. Le photographe voudrait bien qu'elle profite de l'appareil.

PHONO DEUX

Il se souvient qu'il suffit de cacher la tête d'une autruche pour la rendre invisible.

PHONO UN

Il lui cache la tête sous son chapeau. Il était temps.

*L'autruche se promène, invisible, un chapeau sur la tête. Entre le chasseur.*

PHONO DEUX

Avez-vous vu l'autruche?

PHONO UN ET PHONO DEUX

Non. Nous n'avons rien vu.

PHONO DEUX

C'est étrange. Il m'avait bien semblé qu'elle sautait sur la plate-forme.

PHONO UN

C'est peut-être une vague que vous avez prise pour une autruche.

PHONO DEUX

Non. La mer est calme. Du reste, je vais la guetter derrière la boîte de ce phonographe.

PHONO UN

Aussitôt dit, aussitôt fait.

PHONO DEUX

Le photographe s'approche de l'autruche sur la pointe des pieds. Que lui dit-il?

PHONO UN

Madame, vous n'avez pas une minute à perdre. Il ne vous a pas reconnue sous votre voilette. Dépêchez-vous, j'ai un fiacre.

PHONO DEUX

Il ouvre la portière de l'appareil. L'autruche disparaît.

PHONO UN

Sauvée, mon Dieu!

PHONO DEUX

Vous imaginez le bonheur du photographe. Il pousse des cris de joie.

PHONO UN

La noce l'interroge.

PHONO DEUX

Messieurs et dames, je vais enfin pouvoir vous photographier tranquillement. Mon appareil était détraqué ; il fonctionne. Ne bougeons plus.

PHONO UN

Mais quels sont ces deux personnages qui viennent déranger le photographe ?

PHONO DEUX

Regardez. La noce et le photographe se figent. La noce est immobile Ne la trouvez-vous pas un peu...

PHONO UN

Un peu gâteau.

PHONO DEUX

Un peu bouquet.

PHONO UN

Un peu Joconde.

PHONO DEUX

Un peu chef-d'œuvre.

PHONO UN

Le marchand de tableaux modernes et le collectionneur moderne s'arrêtent devant la noce. Que dit le marchand de tableaux?

PHONO DEUX

Je vous mène sur la Tour Eiffel pour vous faire voir, avant tout le monde, une chose unique : *La Noce.*

PHONO UN

Et le collectionneur répond :

PHONO DEUX

Je vous suis, les yeux fermés.

PHONO UN

Hein? Est-ce beau? On dirait un primitif.

PHONO DEUX

De qui est-ce?

PHONO UN

Comment! de qui est-ce? C'est une des dernières choses de Dieu.

PHONO DEUX

Elle est signée?

PHONO UN

Dieu ne signe pas. Est-ce peint! Quelle pâte! Et regardez-moi ce style, cette noblesse, cette joie de vivre! On dirait un enterrement.

PHONO DEUX

Je vois une noce.

PHONO UN

Vous voyez mal. C'est plus qu'une noce. C'est toutes les noces. Plus que toutes les noces : c'est une cathédrale.

PHONO DEUX

Combien la vendez-vous?

PHONO UN

Elle n'est pas à vendre, sauf pour le Louvre et pour vous. Tenez, au prix d'achat, je vous l'offre.

PHONO DEUX

Le marchand montre une grande pancarte.

*La pancarte porte le chiffre 1000000000000.*

PHONO UN

Le collectionneur va-t-il se laisser convaincre? Que dit-il?

*Le marchand retourne la pancarte.*
*On lit* VENDU *en grosses lettres.*
*Il la pose contre la noce.*

PHONO UN

Le marchand de tableaux s'adresse au photographe.

PHONO DEUX

Photographiez-moi cette noce, avec la pancarte. Je voudrais les faire paraître dans les magazines américains.

PHONO UN

Le collectionneur et le marchand de tableaux quittent la Tour Eiffel.

PHONO DEUX

Le photographe s'apprête à prendre la photographie, mais, ô prodige! son appareil lui parle.

PHONO UN

Que lui dit-il?

L'APPAREIL, *voix lointaine.*

Je voudrais... Je voudrais...

PHONO DEUX

Parle, mon beau cygne.

L'APPAREIL

Je voudrais rendre le général.

PHONO DEUX

Il saura bien se rendre lui-même.

PHONO UN

Le général reparaît. Il est pâle. Il lui manque une botte. Somme toute, il arrive de loin. Il racontera qu'il revient d'une mission sur laquelle il doit garder le silence. La noce ne bouge pas. Tête basse, il traverse la plate-forme et prend une pose modeste parmi les autres.

PHONO DEUX

Voilà une bonne surprise pour le collectionneur de chefs-d'œuvre. Dans un chef-d'œuvre on n'a jamais fini de découvrir des détails inattendus.

PHONO UN

Le photographe se détourne. Il trouve la noce un peu dure. Si elle reproche au général d'être vivant, le général pourrait lui reprocher de s'être laissé vendre.

PHONO DEUX

Le photographe a du cœur.

PHONO UN

Il parle. Que dit-il?

PHONO DEUX

Allons, mesdames et messieurs, je vais compter jusqu'à cinq. Regardez l'objectif. Un oiseau va sortir.

PHONO UN

Une colombe!

PHONO DEUX

L'appareil marche.

PHONO UN

La paix est conclue.

PHONO DEUX

Une. (*Le marié et la mariée se détachent du groupe, traversent la scène et disparaissent dans l'appareil.*) Deux. (*Même jeu pour le beau-père et la belle-mère.*) Trois. (*Même jeu pour les premiers garçons et demoiselles d'honneur.*) Quatre. (*Même jeu pour les deuxièmes garçons et demoiselles d'honneur.)* Cinq.

*Même jeu pour le général, seul, tête basse, et l'enfant, qui le traîne par la main.*

PHONO UN

Entre le directeur de la Tour Eiffel. Il agite un porte-voix.

PHONO DEUX

On ferme! On ferme!

PHONO UN

Il sort.

PHONO DEUX

Entre le chasseur. Il se dépêche. Il court jusqu'à l'appareil. Que dit le photographe?

PHONO UN

Où allez-vous?

PHONO DEUX

Je veux prendre le dernier train.

PHONO UN

On ne passe plus.

PHONO DEUX

C'est honteux. Je me plaindrai au directeur des chemins de fer.

PHONO UN

Ce n'est pas ma faute. Tenez, votre train, le voilà qui part.

*L'appareil se met en marche vers la gauche, suivi de son soufflet comme de wagons. Par des ouvertures on voit la noce qui agite des mouchoirs, et, par-dessous, les pieds qui marchent.*

RIDEAU.

*Antigone* 7
*Les mariés de la Tour Eiffel* 61
*Préface de* 1922 63

# ŒUVRES DE JEAN COCTEAU

## POÉSIE

POÉSIE, 1916-1923 (Le Cap de Bonne-Espérance. — Ode à Picasso. — Poésies. — Vocabulaire. — Plain-Chant. — Discours du grand sommeil) (*Gallimard*).
ESCALES, avec A. Lhote (*La Sirène*).
LA ROSE DE FRANÇOIS (*F. Bernouard*).
CRI ÉCRIT (*Montane*).
PRIÈRE MUTILÉE (*Cahiers Libres*).
L'ANGE HEURTEBISE (*Stock*).
OPÉRA, ŒUVRES POÉTIQUES 1925-1927 (*Stock* et *Arcanes*).
MYTHOLOGIE, avec G. de Chirico (*Quatre Chemins*).
ÉNIGME (*Édit. des Réverbères*).
MORCEAUX CHOISIS, POÈMES, 1916-1932 (*Gallimard*).
LA CRUCIFIXION (*Édit. du Rocher*).
POÈMES. (Léone. — Allégories. — La Crucifixion. — Neiges. — Un Ami dort) (*Gallimard*).
LE CHIFFRE SEPT (*Seghers*).
APPOGIATURES (*Édit. du Rocher*).
CLAIR-OBSCUR (*Édit. du Rocher*).
POÈMES, 1916-1955 (*Gallimard*).
PARAPROSODIES (*Édit. du Rocher*).
CÉRÉMONIAL ESPAGNOL DU PHÉNIX suivi de LA PARTIE D'ÉCHECS (*Gallimard*).
LE REQUIEM (*Gallimard*).
LE CAP DE BONNE-ESPÉRANCE *suivi du* DISCOURS DU GRAND SOMMEIL (*Gallimard*).

## POÉSIE DE ROMAN

LE POTOMAK (*Stock*).
THOMAS L'IMPOSTEUR (*Gallimard*).

LE GRAND ÉCART (*Stock*).
LE LIVRE BLANC (*Quatre Chemins*).
LES ENFANTS TERRIBLES (*Grasset*).
LA FIN DU POTOMAK (*Gallimard*).
DEUX TRAVESTIS (*Fournier*).

## POÉSIE CRITIQUE

LE RAPPEL A L'ORDRE (Le Coq et l'Arlequin. — Carte Blanche. — Visites à Barrès. — Le Secret professionnel. — D'un Ordre considéré comme une anarchie. — Autour de Thomas l'imposteur. — Picasso) (*Stock*).
LETTRE A JACQUES MARITAIN (*Stock*).
UNE ENTREVUE SUR LA CRITIQUE (*Champion*).
OPIUM (*Stock*).
ESSAI DE CRITIQUE INDIRECTE (Le Mystère laïc. — Des Beaux-Arts considérés comme un assassinat) (*Grasset*).
PORTRAITS-SOUVENIRS (*Grasset*).
MON PREMIER VOYAGE (Tour du monde en 80 jours) (*Gallimard*).
LE GRECO (*Au Divan*).
LA BELLE ET LA BÊTE (Journal d'un film) (*Édit. du Rocher*).
LE FOYER DES ARTISTES (*Plon*).
LA DIFFICULTÉ D'ÊTRE (*Édit. du Rocher*).
REINES DE FRANCE (*Grasset*).
DUFY (*Flammarion*).
LETTRE AUX AMÉRICAINS (*Grasset*).
MAALESH (Journal d'une tournée de théâtre) (*Gallimard*).
MODIGLIANI (*Hazan*).
JEAN MARAIS (*Calmann-Lévy*).
JOURNAL D'UN INCONNU (*Grasset*).
GIDE VIVANT (*Amiot-Dumont*).
DÉMARCHE D'UN POÈTE (*Bruckmann*).
DISCOURS DE RÉCEPTION A L'ACADÉMIE FRANÇAISE (*Gallimard*).
COLETTE (Discours de Réception à l'Académie royale de Belgique) (*Grasset*).
LE DISCOURS D'OXFORD (*Gallimard*).
ENTRETIENS SUR LE MUSÉE DE DRESDE, avec Louis Aragon (*Éditeurs français*).
LA CORRIDA DU PREMIER MAI (*Grasset*).
LE CORDON OMBILICAL (*Plon*).

## POÉSIE DE THÉÂTRE

THÉÂTRE I : Antigone. — Les Mariés de la Tour Eiffel. — Les Chevaliers de la Table Ronde. — Les Parents terribles (*Gallimard*).

THÉÂTRE II : Les Monstres sacrés. — La Machine à écrire. — Renaud et Armide. — L'Aigle à deux têtes (*Gallimard*).
ŒDIPE ROI. — ROMÉO ET JULIETTE (*Plon*).
ORPHÉE (*Stock*).
LA MACHINE INFERNALE (*Grasset*).
THÉÂTRE DE POCHE (*Édit. du Rocher*).
BACCHUS (*Gallimard*).
THÉÂTRE I ET II (*Grasset*).
RENAUD ET ARMIDE (*Gallimard*).
LE BAL DU COMTE D'ORGEL, de R. Radiguet (*Édit. du Rocher*).
L'IMPROMPTU DU PALAIS-ROYAL (*Gallimard*).

## POÉSIE GRAPHIQUE

DESSINS (*Stock*).
LE MYSTÈRE DE JEAN L'OISELEUR (*Champion*).
MAISON DE SANTÉ (*Briant-Robert*).
PORTRAITS D'UN DORMEUR (*Mermod*).
DESSINS POUR LES ENFANTS TERRIBLES (*Grasset*).
DESSINS POUR LES CHEVALIERS DE LA TABLE RONDE (*Gallimard*).
DRÔLE DE MÉNAGE (*Édit. du Rocher*).
LA CHAPELLE SAINT-PIERRE (*Édit. du Rocher*).
LA MAIRIE DE MENTON (*Édit. du Rocher*).
LA CHAPELLE SAINT-BLAISE-DES-SIMPLES A MILLY (*Édit. du Rocher*).

## LIVRES ILLUSTRÉS PAR L'AUTEUR

OPÉRA (*Arcanes*).
LÉONE (*Gallimard*).
ANTHOLOGIE POÉTIQUE (*Club Français du Livre*).
LE GRAND ÉCART (*Stock*).
THOMAS L'IMPOSTEUR (*Gallimard*).
LES ENFANTS TERRIBLES (*Édit. du Frêne, Bruxelles*).
LE LIVRE BLANC (*Morihien*).
DEUX TRAVESTIS (*Fournier*).
LE SECRET PROFESSIONNEL (*Sans Pareil*).
OPIUM (*Stock*).
CARTE BLANCHE (*Mermod, Lausanne*).
PORTRAIT DE MOUNET-SULLY (*F. Bernouard*).
PORTRAITS-SOUVENIRS (*Grasset*).
DÉMARCHE D'UN POÈTE (*Bruckmann*).
LE SANG D'UN POÈTE (*Édit. du Rocher*).
ORPHÉE (*Rombaldi*).
LA MACHINE INFERNALE (*Grasset*).

## POÉSIE CINÉMATOGRAPHIQUE

LE SANG D'UN POÈTE (*Film — Édit. du Rocher*).
L'ÉTERNEL RETOUR (*Film — Nouvelles Édit. Françaises*).
LA BELLE ET LA BÊTE (*Film*).
RUY BLAS (*Film — Édit. du Rocher*).
LA VOIX HUMAINE (*Film, avec R. Rossellini*).
LES PARENTS TERRIBLES (*Film — Édit. Le Monde illustré*).
L'AIGLE À DEUX TÊTES (*Film — Édit. Paris-Théâtre*).
ORPHÉE (*Film — Édit. A. Bonne*).
LES ENFANTS TERRIBLES (*Film*).
LA VILLA SANTO SOSPIR (*Kodachrome*).
ENTRETIENS AUTOUR DU CINÉMATOGRAPHE (*Édit. A. Bonne*).

## AVEC LES MUSICIENS

SIX POÉSIES (A. Honegger — *Chant du Monde*).
HUIT POÈMES (G. Auric).
DEUX POÈMES (J. Wiener).
PARADE (Éric Satie — *Columbia*).
LE BŒUF SUR LE TOIT (Darius Milhaud — *Capitol*).
LES MARIÉS DE LA TOUR EIFFEL (groupe des Six — *Pathé-Marconi*).
ANTIGONE (A. Honegger).
ŒDIPUS REX (Igor Stravinsky — *Philips*).
LE PAUVRE MATELOT (Darius Milhaud).
CANTATE (Igor Markevitch).
LE JEUNE HOMME ET LA MORT (*Ballet*).
PHÈDRE (*Ballet*) (G. Auric — *Columbia*).
LA DAME À LA LICORNE (*Ballet*) (J. Chailley).

## COLLECTION FOLIO

*Dernières parutions*

1495. Jean Racine — *Théâtre complet*, tome II.
1496. Jean Freustié — *L'héritage du vent*.
1497. Herman Melville — *Mardi*.
1498. Achim von Arnim — *Isabelle d'Egypte* et autres récits.
1499. William Saroyan — *Maman, je t'adore*.
1500. Claude Roy — *La traversée du Pont des Arts*.
1501. *** — *Les Quatre Fils Aymon ou Renaud de Montauban*.
1502. Jean-Patrick Manchette — *Fatale*.
1503. Gabriel Matzneff — *Ivre du vin perdu*.
1504. Colette Audry — *Derrière la baignoire*.
1505. Katherine Mansfield — *Journal*.
1506. Anna Langfus — *Le sel et le soufre*.
1507. Sempé — *Les musiciens*.
1508. James Jones — *Ce plus grand amour*.
1509. Charles-Louis Philippe — *La Mère et l'enfant. Le Père Perdrix*.
1510. Jean Anouilh — *Chers Zoiseaux*.
1511. Stevenson — *Dans les mers du Sud*.
1512. Pa Kin — *Nuit glacée*.
1513. Leonardo Sciascia — *Le Conseil d'Egypte*.
1514. Dominique de Roux — *L'Harmonika-Zug*.
1515. Marcel Aymé — *Le vin de Paris*.
1516. George Orwell — *La ferme des animaux*.
1517. Leonardo Sciascia — *A chacun son dû*.
1518. Guillaume de Lorris et Jean de Meun — *Le Roman de la Rose*.
1519. Jacques Chardonne — *Eva ou Le journal interrompu*.
1520. Roald Dahl — *La grande entourloupe*.

1521. Joseph Conrad — *Inquiétude.*
1522. Arthur Gold et Robert Fizdale — *Misia.*
1523. Honoré d'Urfé — *L'Astrée.*
1524. Michel Déon — *Le Balcon de Spetsai.*
1525. Daniel Boulanger — *Le Téméraire.*
1526. Herman Melville — *Taïpi.*
1527. Beaumarchais — *Le Mariage de Figaro. La Mère coupable.*
1528. Jean-Pierre Chabrol — *La folie des miens.*
1529. Bohumil Hrabal — *Trains étroitement surveillés.*
1530. Eric Ollivier — *L'orphelin de mer.*
1531. William Faulkner — *Pylône.*
1532. Claude Mauriac — *La marquise sortit à cinq heures.*
1533. Alphonse Daudet — *Lettres de mon moulin.*
1534. Remo Forlani — *Au bonheur des chiens.*
1535. Erskine Caldwell — *Le doigt de Dieu.*
1536. Octave Mirbeau — *Le Journal d'une femme de chambre.*
1537. Jacques Perret — *Roucou.*
1538. Paul Thorez — *Les enfants modèles.*
1539. Saul Bellow — *Le faiseur de pluie.*
1540. André Dhôtel — *Les chemins du long voyage.*
1541. Horace Mac Coy — *Le scalpel.*
1542. Honoré de Balzac — *La Muse du département. Un prince de la bohème.*
1543. François Weyergans — *Macaire le Copte.*
1544. Marcel Jouhandeau — *Les Pincengrain.*
1545. Roger Vrigny — *Un ange passe.*
1546. Yachar Kemal — *L'herbe qui ne meurt pas.*
1547. Denis Diderot — *Lettres à Sophie Volland.*
1548. H. G. Wells — *Au temps de la comète.*
1549. H. G. Wells — *La guerre dans les airs.*
1550. H. G. Wells — *Les premiers hommes dans la Lune.*
1551. Nella Bielski — *Si belles et fraîches étaient les roses.*
1552. Bernardin de Saint-Pierre — *Paul et Virginie.*

1553. William Styron — *Le choix de Sophie.*
1554. Florence Delay — *Le aïe aïe de la corne de brume.*
1555. Catherine Hermary-Vieille — *L'épiphanie des dieux.*
1556. Michel de Grèce — *La nuit du sérail.*
1557. Rex Warner — *L'aérodrome.*
1558. Guy de Maupassant — *Contes du jour et de la nuit.*
1559. H. G. Wells — *Miss Waters.*
1560. H. G. Wells — *La burlesque équipée du cycliste.*
1561. H. G. Wells — *Le pays des aveugles.*
1562. Pierre Moinot — *Le guetteur d'ombre.*
1563. Alexandre Vialatte — *Le fidèle Berger.*
1564. Jean Duvignaud — *L'or de la République.*
1565. Alphonse Boudard — *Les enfants de chœur.*
1566. Senancour — *Obermann.*
1567. Catherine Rihoit — *Les abîmes du cœur.*
1568. René Fallet — *Y a-t-il un docteur dans la salle ?*

*Impression Bussière à Saint-Amand (Cher),*
*le 14 mai 1984.*
*Dépôt légal : mai 1984.*
*1^er^ dépôt légal dans la collection : janvier 1977.*
*Numéro d'imprimeur : 1265.*
ISBN 2-07-036908-0./Imprimé en France.